Das Huckeduckel

Der schüchterne Matti

von Brunhilde Schwarz

Impressum:

Das Huckeduckel – Der schüchterne Matti
von Brunhilde Schwarz
Herausgeber: Hans-Jürgen Sträter
Ausgabe vom 01. Januar 2023
ISBN: 9783756891115
Herstellung und Verlag: BoD - Books on Demand, Norderstedt

Bilder wurden erstellt mit DALLE-E

Für unsere Kinder

Inhalt   Seite

Das Huckeduckel

Das Huckeduckel war ein seltsames Tier. Niemand im Wald wusste, was es mit dem Huckeduckel auf sich hatte.

Sagte jemand: „Du musst fliegen!" so versuchte es zu fliegen. Kam ein anderer und riet ihm zum Schwimmen, sprang es sofort ins Wasser. Empfahl ihm ein Tier, dass es sich mit einem roten, grünen oder braunen Fell kleiden sollte, hörte es darauf. So ging das Huckeduckel auf alle Vorschläge ein.

War einer der Meinung, es müsse Fleisch fressen, fing es an zu jagen. Wollte der nächste, dass es lieber Pilze zu sich nehmen sollte, kamen diese dran.

Lange Zeit ging es deshalb hin und her, doch endlich begann das Huckeduckel über diesen Unsinn nachzudenken. Und das geschah auch nur durch einen dummen Zufall.

Gerade tat es einmal wieder etwas, was ein anderer von ihm forderte. Aber es ahnte nicht, dass es sich um einen Streich handelte. Denn die anderen Tiere wollten das Huckeduckel endlich kräftig wachrütteln. Es war nämlich der Meinung, um anerkannt zu werden und um keine Feinde zu haben, hätte es immer allen recht zu machen. Aber dass durch dieses Verhalten das Gegenteil geschah, konnte es leider nicht erkennen.

Das Huckeduckel hatte einen kleinen „Makel", den es bei aller Anstrengung nicht ändern konnte. An einer ganz bestimmten Stelle, als einziger in seiner Art, war nämlich ein weißer Fleck in seinem Fell. Und das war der eigentliche Grund, stets die Anerkennung der anderen Tiere zu suchen.

Darum wurde es immer „Weißfleck" gerufen.

Eigentlich machte das seine Nachbarschaft darum, weil das Huckeduckel damit hübsch aussah. Sie nannten es deshalb so, weil durch ihn stets „Kuddelmuddel" entstand. Doch so wollten die Tiere es dann auch nicht nennen, da war „Huckeduckel" als Name schon netter und nicht so böse wie „Kuddelmuddel".

Aus diesem Grund dachten sich die anderen Tiere etwas aus.

Sie beschlossen, das Huckeduckel auf eine Waldlichtung zu locken. Dort gab es ein kleines Loch im Boden. Das war gerade so groß, dass es darin stehen konnte, aber ohne fremde Hilfe nicht wieder herauskam. Alle wussten, dieses Loch kannte das Huckeduckel nicht. Sorgfältig wurde die Falle mit Laub und Moos ausgepolstert sowie mit Zweigen und Gras abgedeckt.

Dann legten sich die Tiere auf die Lauer.

Das Huckeduckel fiel tatsächlich in die Tiefe, doch zum Glück sehr weich und tat sich nicht weh.

Allerdings kam es nicht mehr aus dem Loch heraus.

Die Tiere des Waldes hatten vorgesorgt und eine Stiege für das Huckeduckel gebaut, aber zuerst wollten sie ihren Streich zu Ende spielen. - Sie traten an den Rand des Loches heran und jeder rief ihm etwas anderes zu: „Springe! Fliege! Gehe! Grabe ein Loch! usw. usw." Das Huckeduckel versuchte erst alles, bis es merkte, dass alle diese Befehle nur dummes Geschrei, jedoch keine echte Hilfe waren.

Nun kam endlich das Einsehen - es verstand, dass es einmal wieder alles machte, was die anderen von ihm wollten. Dann fiel ihm ein, dass er als kleiner Hirsch sehr lange Beine hatte. -

Und wirklich, nun geschah ein kleines Wunder! Er nahm allen Mut zusammen, bündelte seine gesamten Kräfte und sprang.

Sofort schaffte er den Sprung aus seinem Gefängnis. - „Bravo!" schrien die Tiere, „Endlich hast Du Dich auf Dich selbst besonnen!"

Von diesem Tag an hieß der kleine Hirsch wieder „Weißfleck". Nun freute auch er sich über seine besondere Zeichnung im Fell und begann, wie ein echter Hirsch zu leben. -
Vor allem wusste er jetzt ganz genau, was er wirklich wollte.

Das machte ihn immer aufrichtiger und glaubwürdiger.

Alle Tiere achteten und respektierten ihn deshalb, weil sie sein ehrliches Selbstbewusstsein erkannten.

Manchmal hatten seine Freunde eine unterschiedliche Meinung, doch seine klare und verständnisvolle Aussagen liebten alle. -

So besann sich „Weißfleck" darauf, dass Gott ihn als „Hirsch" und nicht als „Huckeduckel" gemacht hatte. Das erfreute ihn von nun an immer wieder und er dankte seinem Schöpfer dafür, dass er ganz genau so und nicht anders sein durfte.

Der schüchterne Matti

Matti ist gerade in die Schule gekommen, doch es fällt ihm ziemlich schwer, jeden Tag dahin zugehen.

Er stottert nämlich ein wenig, wenn er aufgeregt ist oder ihm etwas Angst bereitet. Denn dann lachen alle anderen Kinder, und davor fürchtet er sich sehr.

Also zieht er sich in sich selbst zurück und schweigt.

Zum Glück hat eine kluge Lehrerin, Frau Schilling, die ihn ganz vorsichtig aus seinem Schneckenhaus herausholen kann.

Ganz behutsam bereitet sie ihn darauf vor, kleine Aufgaben zu übernehmen.

Die meisten anderen Kinder rissen sich um diese Tätigkeiten, weil sie gut vor der Lehrerin dastehen wollten. Einige drückten sich natürlich, taten nur das, was sie mussten und mehr nicht.

Die ganz Schüchternen unter Euch können sich vielleicht vorstellen, wie schwer es für ihn war, an die Tafel zu treten oder laut vorzulesen.

Aber am schwersten war es für Matti, beim Hausmeister Kreide zu holen. Er musste seinen ganzen Mut zusammennehmen.

Nach der großen Pause wollte er sie holen. - Irgendwie hat er es geschafft. Als er sein Anliegen vorgebracht hatte, meinte der Hausmeister zu ihm: „Hast Du denn Geld mitgebracht?" -

Oh, Schreck, für die Schule bekam er nie Geld mit, außer sie bastelten oder so. Kreide musste doch nie bezahlt werden. - Aber Matti traute sich nichts zu sagen. - Traurig und verzweifelt drehte er sich um, was sollte er nur der Lehrerin sagen, wenn er ohne Kreide kam, weil er kein Geld hatte?

Er ging langsam zur Schultrepppe, um in seine Klasse zu gelangen und kämpfte mit den Tränen. Weglaufen konnte er nicht so ohne weiteres, das konnte riesigen Ärger geben. - Irgendwie wird er es der Lehrerin erklären können, sie würde ihn vielleicht verstehen.

Die erste Stufe hatte er in dem Gedränge erreicht, er war ziemlich klein und musste immer aufpassen, dass man ihn nicht umrannte. - Da fasste ihn jemand plötzlich in den Kragen.

Uff, was ist das denn, dachte er bei sich, jetzt hält mich auch noch jemand fest.

Als er sich umdrehte, sah er den Hausmeister vor sich, in seiner Hand hielt er mehrere Stücke weißer Kreide. - Sprachlos sah er den Hausmeister an, der sagte. „Hier hast Du, was du brauchst." - Matti unterdrückte seine Tränen und sagte ganz schüchtern „Danke!"

Der Hausmeister war schon viele Jahre an der Schule tätig.

Er machte gerne kleine Späße mit den Kindern. Aber so etwas wie heute hatte er noch nie erlebt. Diesen Scherz würde er nie wieder machen.

Auch Matti's Lehrerin erfuhr von dieser Geschichte. -

Sie beschloss Matti Mutmach-Aufgaben zu geben. Er bekam Dinge zum Malen und Basteln, denn das konnte er sehr gut. - Außerdem brachte Frau Schilling den Kindern viele Lieder bei.

Matti sang gerne und mit der Zeit verlor er sein Stottern immer mehr. Er kam auch in den Schulchor, das machte ihm Spaß, nur vor dem Solosingen hatte er Angst, aber irgendwann schaffte er auch das.

Seine Lehrerin glaubte an ihn, und die anderen Kinder hörten auf, über ihn zu lachen. So wurde er immer sicherer, ja, in seiner Klasse fühlte er sich wirklich wohl.

Nach einigen Wochen ging er sehr freudig in die Schule.

Es war so toll, Lesen und Schreiben zu können, das liebte er. Sprache wurde ihm immer wichtiger, und er schrieb gerne kleine Geschichten. Manchmal wurden diese sogar in der Schulzeitung veröffentlicht.

Zur ganz großen Wende kam es bei ihm, als er zufällig ein noch ganz kleines Feuer in der Schule entdeckte.

Verursacht wurde es durch einen technischen Defekt. -

Matti musste in der Stunde etwas für den Unterricht vom Hausmeister holen. Auf dem Rückweg sah er das beginnende Feuer.

Er rannte sofort zum Hausmeister, der den Feueralarm auslöste und mit dem Feuerlöscher zur Brandstelle ging.

Matti rannte durch alle Schulgänge und rief so laut er konnte, „Es brennt! Es brennt!" -

Alle konnten deshalb unbeschädigt das Gebäude verlassen.

Schnell löschte die Feuerwehr den Brand. Nachdem die Schule durchlüftet war, konnte der Unterricht fortgesetzt werden.

Matti und seine gane Klasse durften zur Belohnung in die Hauptwache der Feuerwehr, das war echt ein toller Tag. -

Hier wurde er sogar zum „Ehrenfeuerwehrmann" ernannt.

Von der Schule bekam er einen goldenen Schülerorden.

Als Matti älter wurde, verlor sich seine Schüchternheit immer mehr. Später wurde er dann ein bekannter Fotograf und reiste durch die ganze Welt.